Bibliografische Information der Deutschen Nationalbibliothek: Die Deutsche Nationalbibliothek verzeichnet diese Publikation in der Deutschen Nationalbibliografie; detaillierte bibliografische Daten sind im Internet über www.dnb.de abrufbar.

© 2015 Winfried Brandt
Herstellung und Verlag:
BoD – Books on Demand, Norderstedt

ISBN: 9783734743351

Ich möchte mich recht herzlich bei meiner
Freundin Helga und meiner Schwester Alexa
für die Hilfe bei der Erstellung
dieses Buches bedanken.

Kindersoldaten

– Die Geschichte meines Vaters

Das Leben unserer Eltern gerade vor und während dem Krieg prägten sie. Aus dieser Zeit erzählen sie uns auch heute noch Geschichten, die sie nicht aufgeschrieben haben, da die Anzahl der vielen prägenden Geschichten vielleicht in der heutigen Zeit als Überflutung wahrgenommen wird.

Dennoch ist jede Geschichte eine individuelle Geschichte und Zeitzeuge einer Zeit, in der wir nicht leben möchten, unsere Eltern jedoch lebten. Und sicherlich erzählen sie uns auch von ihren Geschichten damit wir sie nicht erleben.

So erzählte auch mein Vater mir Geschichten aus den Tagen vor und während des zweiten Weltkrieges und von seinem Vorbild und großen Bruder Josef der im zweiten Weltkrieg als Soldat gefallen ist. Hier die Geschichte.

Über den schlammigen und verschneiten Weg trappte im Dezember 1918 ein Pferd mit Reiter ins Dorf hinein. Ein langer glänzender Säbel und eine grauer Felduniform bekleideten den Reiter, auf dem Kopf trug er eine schwarze Mütze mit deutscher Kokarde. Seit 11. November herrschte Waffenstillstand zwischen den Kriegsländern des 1. Weltkrieges und immer wieder traf seitdem ein Rückkehrer ins Dorf hinein. So auch an diesem Tag. Langsam ritt der Mann auf das Bauernhaus zu, vor dem eine Frau mit einem Besen den Hof kehrte. Die Frau hörte den Reiter und legte den Besen beiseite um auf den Reiter zu schauen. Als er näher kam rief sie:" Andreas, mein Gott Andreas, du bist es!" und lief zum Reiter und Pferd und umarmte die Beine des Reiters. „Ich bin es Anna" sagte der Reiter lockerte den Griff seiner Frau von seinem Bein und stieg vom Pferd ab. Dann umarmten beide sich innig. Vier Jahre hatte Anna ihren Andreas nicht gesehen, der in den 1. Weltkrieg einberufen wurde und als Kanonier vor Verdun vier Jahre lang verbrachte. Manchmal kam ein Brief von ihm als Zeichen das er lebte, aber seit dem Waffenstillstandsvertrag hatte sie keine Nachricht mehr von ihm erhalten. „Wir haben Frieden und ich hab mir ein Pferd vom Gespann abgemacht und bin Nachhause geritten, der Krieg ist vorbei Anna" sagte Andreas zu seiner Frau. „Ich bleibe jetzt zu Hause". „Komm rein, esse etwas, du musst dich baden" sagte Anna

Andreas folgte ihr ins Haus zum essen und baden. Nach dem Baden nahm er seine Uniform mit seinem Säbel und hängte sie auf den Speicher an den Kamin wo sie keiner berühren durfte und wo sie hängen blieb bis zu dem Tage als mein Vater, sein Sohn Hubert, den ersten Farbigen sah.

Langsam und knirschend öffnete sich die Kellertür am oberen Gang der Steintreppe. Eine Gestalt mit vorgeschobener Waffe schob sich in die Öffnung der Kellertür. In grüner Uniform die Waffe in der Hand mit einem schwarzen Gesicht und schwarzen Händen rief Sie „Hands up, whos down there, Hands up!" Andreas, Anna, Agnes, Hubert, Christian, Käthe saßen im dunklen Keller mit einer kleinen Kerze und hatten das ankommen der Amerikaner erwartet. Nach den umkämpften Tagen im Dezember 1944, war der Keller der einzige Schutz den die Familie vor dem in der Eifel tobenden Krieg fand. „Hands up, come upstairs" rief der farbige GI nochmals nach unten entgegen und die ganze Familie stapfte mit erhobenen Händen die Treppe hoch durch die Kellertür an der weitere GI'S mit angeschlagener Waffe standen. Hubert starrte den farbigen GI an, er hatte noch niemals einen Mann gesehen der so dunkelbraun war und fragte sich ob es vielleicht Tarnfarbe sein könnte die der Mann auf dem Gesicht und seinen Händen trug. „Only some Kids, Old Man, Old Wife" rief der GI den anderen entgegen. „Are you living here. Wohnen Sie hier?" fragte ein anderer GI Andreas und Anna. „Ja, Ja wir wohnen hier, unser Haus" sagte Anna. „Good, It'S requiered in the name of the U.S. Army" entgegnete der Amerikaner. Ein weiterer Amerikaner riss die Haustür auf und rief „We got a new home for the next days guys" worauf weitere Amerikaner mit Gepäck in das Haus einfielen und sich in den Räumen des Hauses breitmachten. Anna und Andreas hatten verstanden, die Amerikaner quartierten sich in Ihr Haus ein und so nahmen sie die Kinder zusammen und gingen in die Küche wie sie ein GI angewiesen hatte. Ein wirres Durcheinander folgte nun im Haus die GI untersuchten jeden Raum und fingen an sich mit Ihren Sachen ein Lager zu bereiten. Der GI kam abermals auf Anna zu und sagte „ Kochen Sie Kaffee für die Guys" und legte Anna eine Packung amerikanischen Kaffee auf den Tisch. Anna nahm das Paket Kaffee ging zum Herd und machte Feuer, Hubert schickte Sie raus an den Brunnen um Wasser zu holen.

Ein GI nach dem anderen kam in die Küche um sich von Anna Kaffee in die Blechtasse gießen zu lassen. Für die ganze Familie war es fast wie Weihnachten den Geruch von frischem Kaffee in der Küche zu riechen. Keiner traute sich jedoch die Amerikaner nach einer Tasse Kaffee zu fragen. Als der farbige GI die Küche betrat und Hubert ihn wieder anstarrte um festzustellen ob es sich nicht doch um Tarnfarbe handelte. Der GI beobachtet dies und lächelte Hubert an „You want some Chokolade!". „Schokolade, willst du Schokolade" sagte der andere GI. „Ja, gerne" antwortete Hubert. Darauf griff der GI in seine Verpflegungstasche und legte Hubert eine kleine Tafel Schokolade in Papier gewickelt auf den Tisch. Christian, Agnes und Käthe schauen Hubert mit großen Augen an. Und natürlich teilte Hubert die Schokolade mit seinen Geschwistern.

Inzwischen hatten die GI wohl schon das ganze Haus durchsucht und waren mit den unterschiedlichsten Gegenständen in der Küche erschienen, als ein GI die Küche mit Andreas Mütze und Säbel betrat „Look

Souvenir" brüllt er laut durch die Küche und schwingt den Säbel vor seinen Kameraden. Hubert schaut verblüfft auf den GI der sich wie ein kleines Kind über den Fund des Säbels freut. Dann schaut er seinen Vater an der regungslos den GI anschaute.

Vater ließ niemand die Uniform und den Säbel anfassen. Seit Hubert denken kann hingen diese auf dem Dachboden am Kamin. Oft war er und Josef auf den Dachboden geschlichen und standen vor der Uniform und dem für Sie als Kinder riesigen Säbel mit den schönen Verzierungen am Griff.
Sie wussten nur das sie die Uniform und den Säbel nicht anfassen durften, was das hieß war ihnen auch klar, Prügelstrafe bei nicht befolgen. Aber anschauen konnte man sich das ja mal. Josef und Hubert wussten auch das Ihr

Vater Soldat gewesen war und das dies seine Uniform war, auch wenn er nie davon erzählte. So standen Sie oft vor der Uniform und träumten davon wie es wohl wäre wenn Sie groß wären und Soldaten würden und eine eigene Uniform mit einem langen Säbel hätten.

Seit dem Herbst 1939 hatten Sie beide viele Soldaten gesehen, die immer wieder durch das Dorf marschierten oder teilweise im Dorf kampierten. Diese sahen toll in den Uniformen mit ihren Gewehren und anderer Ausrüstung aus. So standen Josef und Hubert oft am Straßenrand und beobachteten die vorbei marschierenden Kolonnen.

Schon in den Jahren davor waren oft Aufmärsche und Veranstaltungen der NSDAP im Dorf gewesen, damals mit braunen Uniformen. Auch diese hatten sich Josef und

Hubert oft angeschaut, während Ihr Bruder Christian zuhause blieb, da der Vater es nicht mochte wenn Sie Uniformen schauten. „Es ist besser die Kinder bleiben zu Hause und arbeiten im Hof" sagte Andreas immer „Auf dem Hof gibt es genug Arbeit"

Dies war auch der Fall, so mussten die Jungen bei der Ernte und beim Heu machen helfen oder die Kühe hüten. So war es auch an diesem Sommertag im Juni 1937, Hubert und Josef waren mit den Kühen auf die Wiese gegangen. Die Sonne schien heiß und beide hatten sich ins Gras gesetzt und beobachteten die Kühe beim weiden. Ihre Holzstöcke zum treiben der Kühe hatten sie neben sich aufs Gras gelegt. Da der elterliche Bauernhof nicht viel hergab hatten beide nur ärmliche Kleidung an, kurze Hosen die schon an der ein oder anderen Stelle geflickt waren und Hubert trug eine abgetragene Hose von seinem 5 Jahre älteren Bruder Josef, dem diese zu klein geworden war. Ebenso trugen beide einfache weiße Leinenhemden und Schuhe mit Nagelsohlen, damit diese nicht so schnell verschließen. Anna hatte beiden ein Leinentuch mit zwei Broten mit Butter mitgegeben für die Mittagspause, auch das Essen war spärlich auf dem Bauernhof, da mit den zwei Erwachsenen und sechs Kindern insgesamt acht Münder auf dem kleinen Bauernhof zu versorgen waren.

Josef hatte sich einen Grashalm gepflügt, ihn zwischen beide Daumen gespannt und blies Hahnenschreie durch den Grashalm. Hubert beobachtete die Kühe die sich am frischen Eifelgras erfreuten. Als Josef mit seinem Hahnen Geschrei aufhörte sagte er zu Hubert „Was wirst du wenn du groß bist Hubert"

„Weiß nicht" sagte Hubert „Ich werde Soldat, mit einer schicken Uniform und einem langen Säbel so wie Vater ihn hat." sagte Josef

„Komm lass uns mit den Säbeln fechten" sagte Josef nahm seinen Holzstock und sprang vor Hubert, der ebenfalls seinen Holzstock aufhob und ein Säbel Gefecht mit Josef begann. Links und rechts schlugen die beiden Jungen mit Ihren Stöcken aneinander und kämpften bis sie außer Atem waren.

Dann warfen Sie die Stöcke wieder ins Gras und setzten sich ebenfalls auf dieses.

„Ob Opa wohl auch so gut fechten konnte wie wir" fragte Hubert

„Nein, Opa hat nicht gefechtet er war Kanonier und hat die Franzosen mit einer Kanone beschossen" sagte Josef „Onkel Franz hat mir davon erzählt, daher hat er auch die schöne Uniform mit dem Säbel." „Kanonier, er hat mit einer Kanone geschossen" „Ja Kanonier und wenn ich groß bin werde ich auch Soldat, vielleicht auch Kanonier wie Vater" antwortete Josef „und bekomme eine schöne Uniform, am Sonntag sehen wir Uniformen."

„Am Sonntag, was ist dann, wo sind da Uniformen" antwortete Hubert

„Am Sonntag ist Erntedankfest und Reichsbauerntag, da kommen von überall die Männer von der Partei und die Hitlerjugend ins Dorf"

„Woher weißt du das"fragte Hubert

„Der Reichsbauernführer war bei Vater und hat ihm eine Fahne gegeben die er am Sonntag aufhängen soll und ihn eingeladen zur Veranstaltung ins Dorf zu kommen"

„Gehen wir dahin Josef, lass uns bitte dahin gehen:" „Natürlich gehen wir beide dahin, ich hol dich mit und wir schauen uns die Männer in Uniform an"

Es war Sonntagmorgen und die Kinder waren gewaschen und angezogen. Die Glocken läuteten im Dorf und das hieß für alle in die Kirche gehen hoch ins Dorf. Josef und Hubert hatten heute besonderes Interesse in die Kirche zu gehen, den danach war Frühschoppen mit dem Reichsbauerntag und Sie würden die Männer in Uniform sehen.

Nach der Messe standen sie auch da, draußen auf dem Kirchplatz stand die Bevölkerung des Dorfes und darunter mehrere Männer in braunen Uniformen, sowie einige Kinder in braunen Uniformen.

Josef und Hubert stellten sich an den Rand des Dorfplatzes und schauten auf die Männer in Uniform die sich inzwischen zu einer Gruppe formierten. Sie trugen braun rote Schirmmützen, ein braunes Hemd und eine braune Reiterhose mit roten Abzeichen am Hemdkragen. Ebenso einen schwarzen Gürtel der einen Riemen über die Brust hatte. An dem linken Ärmel eine Binde mit dem Parteiabzeichen und eine braune Krawatte. Dazu trugen alle glänzende braune Stiefel. Josef und Hubert schauten sich begeistert die Uniformen aus den feinen Stoffen an.

Dann stellten sich die Jugendlichen und Kinder zu einer Gruppe neben den Männern auf, Die Jungen trugen ein braunes Hemd mit einer kurzen schwarzen Hose und einem braunen Tuch um den Hals gebunden, was vorne zusammengebunden war, auf dem Kopf ein schwarzes Schiffchen und einen Gürtel mit Koppelschloss, so wie er auch an Vaters Uniform war, dazu und das begeisterte Josef und Hubert besonders einen kleinen schwarzen Dolch. Um den Arm war wie bei den Männern eine rote Binde mit Parteiabzeichen angelegt.

Die Mädchen trugen eine weiße Bluse und einen schwarzen Rock mit flachen Schuhen, ihre Haare waren zu Zöpfen geflochten. Um den Hals hatten sie wie die Jungen ein Tuch gebunden und manche der Mädchen hatten über der Bluse eine braune Jacke mit Parteiabzeichen an.

Die Musikkapelle gesellte sich zu der Gruppe Männer und Kinder. Dann trat der Reichsbauernführer vor und sprach einige Worte zu den auf dem Platz anwesenden Menschen, bis die Musikkapelle anspielte und die Männer und Jungen im Chor dazu sangen. Bei manchen Liedern führten die Mädchen einen Volkstanz auf.

Josef und Hubert hörten weniger auf die

Musik, als das Sie sich begeistert die Uniformen anschauten, keine der Uniformen war abgenutzt oder hatte geflickte Löcher wie Ihre Kleidung, die Stiefel und Schuhe waren aus Leder und glänzten und vor allem die Gürtel, Tücher und die Messer hatten es Ihnen angetan.

Nach einiger Zeit beendete die Kapelle ihre Musik und der Ortsgruppenleiter trat vor die Menge um alle Männer des Dorfes zu einem Frühschoppen in den Saal einzuladen. Daraufhin verließen die Leute den Platz die Frauen und die meisten Kinder gingen nach nach Hause und die Männer zum Frühschoppen in den Saal. Die Jugendlichen und Kinder der HJ blieben draußen auf dem Platz und spielten. Josef sagte zu Hubert „ Komm wir bleiben hier und spielen mit den anderen Kindern und schauen uns ihre

Uniformen an." „Aber Vater mag das nicht" „Mutter ist schon auf dem Weg nach Hause und Vater ist im Saal, die merken beide nicht wenn wir noch etwas hier bleiben"

Andreas war inzwischen mit der sich drängenden Männermenge in den Saal geströmt, wo eine Menge Biertische standen an denen die Männer Platz nahmen. Am Saal ende war eine Bühne aufgebaut mit einer Fahne, mit dem Text „Der deutsche Bauer – Deutschlands Stärke – Dem Volke Brot – Dem Führer Treue" und ein Bild des Führers aufgehangen. Die Bedienungen trugen Bierkrüge von Tisch zu Tisch und bald war ein frohes Prosten und ein lautes Durcheinander im Saal zu hören.

Dann bestieg der Reichsbauernführer, der Ortsgruppenleiter und einige Männer in

Uniform die Bühne. Der Bauernführer stellte sich vorne auf die Bühne und hob seine Hände um Zeichen zu geben das die Veranstaltung bald beginnt. Nun trat Ruhe im Saal ein. Er begrüßte alle Bauern und Anwesenden der Partei und alle Gäste und begann seine Rede mit „Das Bauerntum ist der Lebensquell des deutschen Volkes" und darüber wie wichtig die Bauern für das Reich seien.

Andreas saß mit Onkel Franz an einem Tisch und beide hörten dem Reichsbauernführer zu.

Andreas kommentierte den Satz des Bauernführer mit den Worten" Bauerntum ist Lebensquell des Volkes, wäre schön wenn wir auch genug zu Leben hätten, was tut das Volk den für uns"

„Sei still, lass uns hören was er sagt" sagte Onkel Franz der sich auf die Rede des Bauernführers konzentrierte der in vollem

Elan auf der Bühne stand. Als der Bauernführer seine Rede beendet hatte, stellte sich der Ortsgruppenleiter an die vordere Bühne und Begrüßte die Bauern zum Reichsbauerntag, dann begann er eine Rede über das Reich, den Führer und die Partei. Seine Worte lauteten: „Heil unserem Führer! Die deutschen Bauern, mit denen sich in dieser Stunde, die ganze deutsche Nation vereinigt, legen ihm ihre Huldigung zu Füßen. Er hat ein Reich der Bauern, Arbeiter und Soldaten wieder aufgerichtet"

„Wofür brauchen wir Soldaten, ich war lang genug Soldat" kommentierte Andreas und Franz wiederholte sich mit „Sei still Andreas". In der Stille des Saales in dem nur der Redner zu hören war bemerkten einige Uniformierte neben Franz und Andreas die Kommentare. Einer wandte sich aggressiv Andreas zu und sagte „Was hast du gesagt? Beleidigst du unsere Wehrmacht?" und beugte sich vor Andreas auf. Franz mischte sich ein und antwortete dem Uniformierten „ nein, nein ist schon gut, er war Soldat in Verdun, das kann er nicht so ganz vergessen" Murrend mit der Kurzbemerkung „Feigling" setzt sich der Uniformierte wieder auf seinen Platz zurück. „"Andreas sei still, die holen dich sonst noch mit, um Himmelswillen halt dein Maul!" fauchte Franz Andreas an. Auf Franz Warnung hörend, wenn es ihm auch schwer fiel, hielt Andreas seinen Mund und lauschte weiter dem Ortsgruppenleiter zu, der auch bald darauf seine Rede beendete um einer Gruppe Frauen des Bund Deutscher Mädel Platz zu machen, die ebenfalls dem Führer huldigten. Mit einem Erntedankfestkranz stand das Mädel auf der Bühne: „Unser Führer! Du schützt mit starker

Hand unser Land, unser Volk, unseren Stand! Als unseres Dankes bescheidenes Zeichen wir Ihnen die Erntekrone reichen." dann reichte Sie dem Ortsgruppenleiter und dem Bauernführer als Vertreter des Führers den Erntedankfestkranz.

Damit endete die Veranstaltung auf der Bühne, die Männer wandten sich wieder dem Gespräch und dem Bier zu und der Lautstärkepegel im Saal stieg wieder an.

Hubert und Josef tobten draußen mit den anderen Kindern und den HJ Jugendlichen auf dem Dorfplatz. Einige hatten Bälle mitgebracht zum Fußball spielen oder Kreide um Himmel und Hölle zu spielen. Josef und Hubert spielten fleißig Fußball mit. In einer Pause stellten sie sich zu den HJ Jungen und betrachteten ihre Uniformen. Josef befragte einen Jungen nach seinem Dolch am Gürtel. Der Junge zog den Dolch aus der Metall Scheide und zeigte Josef ganz stolz das Messer mit schwarzem Griff in den ein rautenförmiges rot-weißes Symbol mit einem Hakenkreuz angebracht war. Er zeigte Josef die Markierung auf der Klinge „Solingen" und bemerkte das diese Markierung auch die echten großen Dolche der Männer hätten.

Josefs und Huberts Interesse an den Uniformen der HJ bemerkte auch ein etwas älterer Junge mit HJ Uniform und kam auf die beiden zu. Dann sprach er Josef an „ Ich heiße Egon und bin HJ-Führer, seit Ihr hier aus dem Dorf" „ Ja" antwortete Josef, der den Jungen noch nie im Dorf gesehen hatte. „Wie alt seit Ihr" fragte er „Ich bin 14 Jahre und mein Bruder Hubert ist 8 Jahre alt" „Und Ihr seid noch nicht in der HJ? Wisst Ihr, was wir machen?" "Nein" antwortete Josef "Wir sind die Jugendorganisation der Nationalsozialistischen Arbeiterpartei. Die Hitler Jugend von Adolf Hitler unserem Führer. Wir sorgen für politische Bildung, für Sport und Körperertüchtigung, veranstalten Zeltlager, Geländemärsche und Schießausbildungen." "Wie bei echten Soldaten" entglitt es Josef aus dem Mund. "Ja, wie bei echten Soldaten erhaltet Ihr eine Ausbildung und eine Uniform" antwortete Egon den beiden. "Warum seit Ihr noch nicht in der Hitlerjugend? Heute ist Reichsbauerntag und ich kann euch beide direkt aufnehmen, ihr bekommt dann eine Uniform und eine Broschüre über die Hitlerjugend die ihr euch durchlesen müsst, lesen könnt ihr doch, oder" "Ja natürlich kann ich lesen" antwortete Josef. Hubert stand die ganze Zeit wortlos neben

Josef, nun wurde ihm aber etwas bange und er sagte zu Josef „ Aber Vater, du weißt er mag es nicht" „Heute ist Reichsbauerntag Hubert und wir beide treten der Hitlerjugend bei, da wird Vater sicher nichts dagegen haben, er ist ja auch in den Saal zum Reichsbauerntag"

Egon führte die beiden Jungen in einen Raum neben dem Saal in dem einige HJ Uniformen, Fahnen und Bilder des Führers hingen. Dann suchte er aus den Uniformen zwei passende für Josef und Hubert aus. Die beiden Jungen überschlugen sich fast ihre alten Kleider auszuziehen um in die neuen schönen Uniformen zu schlüpfen. Die schwarze kurze Hose und das braune Hemd. Während Sie die Uniformen anzogen fragte Egon Sie nach Ihren Familiennamen und dem Namen Ihrer Eltern sowie Ihrem Geburtsdatum, wo sie zur Schule gehen und notierte dies alles sauber in ein Heft. Als Hubert und Josef dann den Gürtel mit Koppelschloss, einem Adler und der Aufschrift „Blut und Ehre" sowie das Messer erhielten waren beide Jungen ganz aufgeregt. Legten dieses an und stellten sich stramm in Pose wie sie es auch auf dem Platz am vormittag gesehen hatten. Sie streckten den rechten Arm hoch und riefen immer wieder „Heil Hitler".

Egon nannte Ihnen noch Termine im Dorf an denen die Hitlerjugend sich zum exerzieren und singen trifft und ermahnte die beiden sorgsam mit Uniform, Gürtel und Messer umzugehen, zum Schluss befestigte er noch eine Nadel mit dem Parteiabzeichen an ihrem Hemd.

So ausgestattet gingen Josef und Hubert lachend und glücklich das Dorf hinunter zurück zum Bauernhof. Dabei versuchten Sie immer wieder wie Soldaten im Stechschritt zu marschieren wie sie es heute morgen auch auf der Parade gesehen hatten. „Was für eine schöne Uniform, Hubert. Und das tolle Messer, alle werden uns zuhause bewundern, Hubert" sagte Josef zu Hubert.

Andreas hatte nach der Rede des Ortsgruppenleiter die Veranstaltung verlassen und war nach hause gegangen noch verärgert über sein Redeverbot. „Man wird doch noch sagen dürfen was man denkt" dachte er obwohl er wusste das dies seit der Machtergreifung durch den Führer nicht mehr so war.

Inzwischen kamen auch die beiden Jungen zuhause an. Stolz betraten sie im Marschschritt das Haus und hoben ihre rechte Hand mit den Worten „Heil Hitler" als Anna sie im Hausflur sah. „Mein Gott wenn euer Vater das sieht!" sagte Anna und ehe sie ausgesprochen hatte kam Andreas durch den Lärm aufmerksam geworden in den Hausflur. Mit ernster Miene starrte er die beiden Jungen an.

„Was ist hier los?" fragte Andreas. Aus der strammen Haltung der beiden Jungen wurde nun eine in Deckung gehende Haltung, den Sie ahnten am Ton des Vaters schon böses.

Josef nahm allen Mut zusammen und sagte „ Wir sind jetzt in der Hitlerjugend und werden zu Soldaten ausgebildet" „Zu Soldaten ausgebildet? Ich habe den Krieg gesehen, von meinen Kindern wird keiner Soldat ihr arbeitet hier auf dem Bauernhof." sagte Andreas und haute Josef und Hubert links und rechts eine auf die Backe. „Zieht sofort die Uniformen aus und bringt sie zurück hoch ins Dorf. Von meinen Kindern geht keins in die

Hitlerjugend." und nochmals gab es eine kräftige Backpfeife für beide Jungen.

Hubert weinte und Josef stand verhärtet vor seinem Vater, er wusste das er jetzt besser nicht mehr wider sprechen sollte. Dann brachte Anna die Jungen in die Stube wo sie Ihre Uniformen auszogen und wieder die mitgebrachten alten Kleider anzogen. Anschließend schickte Sie beide ins Dorf hinauf die Uniformen zurück zu bringen.

Enttäuscht machten sich die beiden Jungen auf den Weg um die wunderschönen Uniformen zurück zu Egon zu bringen. Als sie wieder zuhause waren tröstete Anna sie, die gerade die Fahne vom Reichsbauerntag abgehangen hatte und sie mit der Schere in Ihre roten, schwarzen und weißen Stoffe zerlegte um aus der Fahne Kleider für Agnes und Käthe zu nähen.

Am 1. September 1939 war der Krieg ausgebrochen. Einige Zeit später marschierten Kolonnen von deutschen Soldaten durch das Dorf in Richtung Belgien und Frankreich. Josef und Hubert standen oft an der Straße um die vorbei marschierenden Soldaten die Lieder von Kameradschaft sangen zu beobachten. In grauen Uniformen mit Tornistern auf dem Rücken und einem Stahlhelm an der Seite hängend, das Gewehr geschultert marschierten sie Reihe an Reihe durchs Dorf. Manchmal kamen auch Fahrzeuge wie LKWs, Kübelwagen oder Motorräder mit Beiwagen angefahren. Dies war für Hubert und Josef stets ein besonderes Ereignis da sie nur die Pferdewagen der Bauern kannten und motorisierte Fahrzeuge bisher noch nicht gesehen hatten, um so mehr interessierten sie sich dafür.

Josef meinte dann zu Hubert „Wenn ich Soldat werde, dann werde ich auch ein Motorrad fahren."

Josef und Hubert kümmerten sich um die Kühe im Stall und trugen vom Brunnen einen Eimer Wasser nach dem anderen zur Kuhtränke. Von den vorbei marschierenden Soldaten im Dorf waren vier Soldaten in Ihr Haus einquartiert worden, und Josef meinte „ Wenn ich groß bin werde ich auch Soldat wie die vier Soldaten bei uns im Haus und dann ist Schluss mit dem mühseligen Wasser schleppen und Heu schaufeln." „Warst du den schon bei den Soldaten im Haus?" fragte Hubert „Nein" sagte Josef „ aber heute Abend gehe ich mal zu den Soldaten und frag sie ob ich mir mal Ihre Uniformen und Ausrüstung anschauen darf. Hast du gesehen sie haben Gewehre und

Stahlhelme dabei und lange Bajonette die sie an der Seite tragen"

Es war Abend geworden und Hubert musste zu Bett gehen, die deutschen Soldaten hatten die gute Stube bezogen und sich dort eingerichtet, als die Familie am Abend in der Küche saß. Vater war noch im Dorf und Josef fragte Anna „Darf ich zu den Soldaten" wogegen Anna nichts einzuwenden hatte. So ging Josef langsam zu der Stube und klopfte an der Tür. „Wer da?" hörte er hinter der Tür. „Josef" rief er und die Tür ging auf ein Soldat in grauer Uniform mit einem Adler auf der Brust schaute ihn an und meinte „Ah, es ist der Bauernsohn, komm rein Junge, was können wir für dich tun."

„Ich möchte später auch Soldat werden und wollte mal schauen wie das so ist" antwortete Josef

„Ja, dann komm mal rein in die Stube, hier sind meine Kameraden, der Günther, Walter und Norbert und ich bin der Obergefreiter Manfred. Dir gefällt also das Soldatenleben und du möchtest später auch Soldat werden."
„Ja, ja möchte ich, werde ich auch" sagte Josef. „Dann setzt dich mal zu uns an den Tisch, wir sind gerade beim Essen, einfaches Soldatenessen, wenn du willst kannst du mit uns Essen." Josef schaute auf den Tisch auf dem ein großes Stück Kastenbrot lag sowie eine große Wurst und ein Stück Käse, Butter hatten die Soldaten auch. Für Josef war dies wie Weihnachten soviel auf einmal zu Essen hatte er schon lange nicht mehr gesehen. „Danke" sagte Josef ganz schüchtern und konnte noch immer nicht glauben das die Soldaten ihn zum Essen eingeladen hatten. Dann schnitt Obergefreiter Manfred das

Kastenbrot in Scheiben und legte jedem eine Scheibe hin. Die Soldaten bedienten sich jetzt an Wurst und Käse und schnitten sich mit ihren langen Bajonetten Stücke davon ab die sie aufs Brot legten. Dazu gab es noch Kaffee den die Soldaten in der Stube gekocht hatten. Obergefreiter Manfred schnitt Josef auch zwei kräftige Scheiben Wurst ab und legte sie ihm aufs Brot. „Eß mal Junge, damit du stark wirst. So, so du willst also auch Soldat werden, was willst du denn von uns wissen" „Bekommt jeder Soldat so eine schöne Uniform und ein Messer und ein Gewehr?" „Natürlich und einen Tornister und einen schönen warmen Wintermantel." antwortet Obergefreiter Manfred ihm. „Darf ich das Gewehr mal anfassen" fragte Josef ganz aufgeregt und zeigte auf das in der Ecke stehende Gewehr. „Später jetzt esse erst mal und dann zeige ich dir das später" lachte der deutsche Soldat und beobachtete wie aufgeregt und hungrig Josef am Tisch saß. Nach dem Essen zeigten die Soldaten Josef das Gewehr, ihre Bajonette und weitere Ausrüstung die sie bei sich trugen. Das Interesse des jungen Bauernsohns gefiel Ihnen und so hatten sie auch mal andere Gesellschaft. Josef durfte auch einmal ein Schiffchen aufsetzen und einen Stahlhelm, so fragte Josef sich durch die gesamte Ausrüstung und lies sich alles zeigen. Auch das essen der Soldaten interessierte ihn besonders auch weil nach dem Essen der Soldat ihm noch ein Stück Schokolade zu essen gab, womit Josef nicht gerechnet hatte. Josef strahlte den ganzen Abend über beide Backen. Er freute sich das er den Mut hatte die Soldaten zu besuchen, dies war ein ganz großes Erlebnis für ihn auf dem kargen Bauernhof im einsamen Eifeldorf und gewiss würde er morgen Hubert alles erzählen was er gesehen und erlebt hat an diesem Abend.

Als Josef die Stube verließ war Andreas wieder zurück aus dem Dorf. Er schaute Josef ernst an. Das der Besuch bei den Soldaten seinem Vater nicht gefallen hatte war ihm bewusst und er war froh das die Soldaten noch in der Stube saßen und sprachen und lachten, sonst hätte er wahrscheinlich sich wieder eine gefangen.

Die Soldaten hatten Wochen später das Dorf verlassen und am 10. Mai 1940 die Niederlande, Belgien, Luxemburg und Frankreich angegriffen. Seitdem herrschte auch Krieg an der Westfront.

Josef und Hubert bedauerten sehr das die Soldaten abgezogen waren, hatten Sie doch nach Josefs Besuch bei den Soldaten öfters Kuchen oder Schokolade von diesen bekommen. Deutschland war im Krieg und Josef der öfters zu Onkel Franz ging, der einen Rundfunkempfänger besaß, berichtete Hubert immer von den Eroberungen der Deutschen Soldaten. Nachdem Polen ja schon besetzt war, kam jetzt die Niederlande, Belgien und im Juni 1940 auch Frankreich dazu. „Eines Tages werde ich auch als Soldat die Welt erobern" sagte er dann stets zu Hubert. Zudem war Josef ganz stolz auf seine erste Uniform, eigentlich war es keine ganze Uniform sondern nur eine getragene blaue Schirmmütze, eine kurze blaue Weste und eine schwarze Ledertasche, die er vom Postboten des Dorfes bekommen hatte, da dieser wie viele Männer des Dorfes zur Wehrmacht eingezogen worden war, hatte man den inzwischen 17 Jahre alten

Josef mit dem austragen der Post beauftragt. Zudem bekam er als Postbote ein wöchentliches Entgelt von drei Reichsmark, die er aber zu Hause abgeben musste. Trotzdem war über seine neue Tätigkeit und seine Postuniform ganz stolz. Er konnte so Hubert abends immer erzählen aus welchen Ländern die Leute im Dorf Feldpost erhalten hatten. Von Polen, Frankreich, Tschechien, Griechenland bis hin zu Ländern in Afrika reichte diese. „Unsere Soldaten erobern die ganze Welt" erzählte er dann Hubert und berichtete dann von den Rundfunkmeldungen der Eroberungen die er bei Onkel Franz im Volksempfänger gehört hatte. „Bald bin ich 18 Jahre und dann werde auch ich Soldat" sagte er stets zu Hubert der dann seinem Bruder nacheiferte und sprach „Ich werde auch Soldat, Ich werde auch Soldat"

Im Juni 1941 begann der Russlandfeldzug von dem Josef über den Volksempfänger von Onkel Franz erfuhr. „Wir greifen jetzt auch Russland an" sagte Josef. „Bald gehört uns die ganze Welt" Onkel Franz stimmte Josef zu. „In zwei Monaten bin ich 18 Jahre alt, dann werde ich auch Soldat" sagte Josef „Ich erobere dann mit die Welt" „mach mal langsam Josef, deinem Vater wird das nicht gefallen wenn du Soldat wirst und wer trägt dann die Post aus?" „Ich werde Soldat werden, dann erhalte ich eine warme und schöne Uniform, bekomme endlich mal ordentlich zu essen und den Sold kann ich mir behalten" sagte Josef

Anna weinte fürchterlich als Sie von Josefs Einberufung erfuhr. Noch am Abend zuvor hatte sie einen Kuchen gebacken und alle hatten in der Küche gesessen und Josefs 18. Geburtstag gefeiert. Keiner hatte geahnt das Josef sich am nächsten Morgen aus dem Hause schleichen wird und sich bei der Wehrmacht als freiwilliger meldet. Dabei hatte er immer wieder gesagt gehabt das er Soldat werden würde. Doch niemand dachte das dies so schnell geschehen könnte. Hubert war traurig das Josef verschwunden war aber dachte auch darüber nach wie Josef in Uniform aussehen würde und das wenn er als Soldat nachhause kommt ihm Wurst und Schokolade mitbringt. Und er war gespannt auf die Feldpost aus fremden Länder die Josef auf seinem Feldzug Ihnen schicken würde.

Diese kam auch einige Wochen später das erste mal an, Josef war als MG Schütze ausgebildet worden und in den Russlandfeldzug eingezogen worden, von dort schickte er der Familie eine erste Karte in dem er erwähnte das es ihm unter den Kameraden gut geht und er sich als Soldat bewähren möchte. Hubert freute sich über die Feldpostkarte auch wenn er seinen Bruder mittlerweile sehr vermisste.

Im Sommer 42 erhielt die Familie einen Brief von Josef, das er auf Heimaturlaub kommen werde. Hubert freute sich über alle maßen seinen Bruder Josef wiederzusehen, und das auch noch als Soldat in Uniform. Einige Wochen später war es soweit Josef stand an der Tür des Bauernhauses in einer grauen Uniform mit Schiffchen auf dem Kopf und Bajonett an der Seite. Hubert rannte Josef entgegen und schrie „Josef, Josef". „Hallo mein kleiner Hubert" antwortete Josef ihm und beide fielen sich um den Hals, Mutter, Vater und die anderen Kinder kamen auch und begrüßten innig den zurückgekehrten Josef im Haus. Josef hatte seine Verpflegungstasche dabei und der Familie Brot, Wurst und Kuchen mitgebracht. In der Küche begrüßten alle Josef und es begann eine muntere Unterhaltung, wie es ihm als Soldat ergeht, wo er überall gewesen ist und viele Fragen mehr. Josef beantwortete ruhig alle fragen und schilderte stolz sein Leben als Soldat. Endlich am Nachmittag war Hubert mit Josef alleine. Hubert hatte jetzt noch mehr Fragen an seinen Bruder über das Soldatensein und wollte unbedingt sein Bajonett anschauen. Josef zog die Jacke aus und seine Koppel mit dem Bajonett und gab sie Hubert „Zieh mal an, will mal sehen wie du als Soldat aussiehst." Ganz stolz zog Hubert die viel zu große Jacke und die Koppel an, an deren Seite das lange Bajonett runter baumelte. Dann nahm Josef sein Schiffchen und setzte dieses Hubert auf den Kopf. „Wie ein echter Soldat" sagte Josef. Noch stolzer über das Lob seines Bruders marschierte Hubert jetzt das Zimmer auf und ab. „Ich werde auch Soldat" sagte er zu Josef. „Natürlich wirst du auch Soldat bestätigte Josef ihn.

Am nächsten Tag musste Josef zurück zu seiner Einheit und alle verabschiedeten sich von ihm, Anna mit Tränen. Dies sollte das letzte mal sein das Hubert seinen Bruder Josef sah. Er fiel im Herbst 1943 beim Rückzug der Deutschen auf der Halbinsel Krim.

Im Winter 1944 waren fünf Jahre Krieg vorbei und die Soldaten marschierten wieder durch das Dorf in langen Kolonnen, diesmal jedoch nicht in Richtung Frankreich, sondern zurück an den Rhein. Im Gegensatz zu den jungen frischen Soldaten der ersten Kriegstage waren in den jetzigen Kolonnen viele verwundete und ausgelaugte Soldaten, die einst so schönen Uniformen waren teilweise schmutzig und zerlumpt. Trotz allem schaute Hubert die vorbeitreibenden Kolonnen an Soldaten jedes mal noch mit Begeisterung an.

Als Hubert im Dezember 1944 auf dem Hof stand, kamen einige Kinder vorbei und erzählten ihm das oben im Dorf Deutsche Panzer ständen. Hubert hatte schon eine Menge Fahrzeuge gesehen, aber Panzer waren selten und aufregend. So entschloss sich Hubert hoch ins Dorf zu gehen um sich die Panzer aus der nähe anzuschauen. Im Dorf angekommen standen Sie dann da, neben der Dorfkirche auf dem Dorfplatz hatten sich fünf Deutsche Tiger platziert. Sie ließen die

Motoren warmlaufen, denn es war eisiger Winter und die Gefahr das die Tiger bei kaltem Motor nicht starten war gegeben. Vor Hubert standen die kantigen Kampfpanzer mit Ihren schweren Ketten und dem schweren Geschütz. Über all waren Soldaten am arbeiten, Auf den Kampfpanzern und um die Kampfpanzer herum standen Soldaten in schwarzen Uniformen mit den Zeichen der SS am Kragenspiegel, viele trugen eine Pistole an der Koppel oder Kampfabzeichen an den Jacken.

Es war die SS-Panzerdivision „Leibstandarte Adolf Hitler" die sich auf die bevorstehende Ardennenoffensive im Dezember 1944 vorbereitete. Hubert schaute sich das Treiben auf dem Dorfplatz an bewunderte die riesengroßen Panzer mit den schwarzen Männern in Uniform.

Als die Tiger die Motoren abstellten fasste er

etwas Mut und ging näher an einen der Panzer heran. So klein wie er war konnte er von nahem nur die gewaltigen Ketten sehen, und schaute nach oben auf wo ein aufgestiegener Soldat den Panzer belud. Dieser bemerkte Hubert und schaute ihn an. „Nah Junge, willst du mal den Tiger sehen!" „Ja, Ja will ich" antwortete Hubert. In diesem Moment kam ein Kübelwagen mit einem Fahrer und einer Person auf dem Beifahrersitz am Panzer angefahren, beide in schwarzen Uniformen der SS. Der Kübelwagen stoppte und der Beifahrer ein Offizier schaute sich Hubert und den Soldaten an, der Hubert gerade auf den Panzer helfen wollte.

„Wie alt bist du?" rief der Offizier zu Hubert „Fünfzehn" antwortete Hubert „Gut, alt genug dich holen wir mit" sagte er und wendete sich zu dem Soldaten auf dem Panzer „Lassen sie den Jungen einkleiden für den Volkssturm". Dann gab er dem Fahrer wieder Befehl und der Kübelwagen brauste ab. Der Panzersoldat sagte zu Hubert „Dann komm mal mit" und forderte ihn auf ihm vom Panzer runter zu folgen. Dann gingen sie nebenan in die alte Kneipe wo der Volkssturm einquartiert worden war.

Andreas war unten auf dem Hof und hatte von Leuten aus dem Dorf gehört das Hubert ins Dorf gegangen sei und vom Volkssturm einkassiert worden wäre, daraufhin hatte er sich hoch ins Dorf gemacht. Oben im Dorf angekommen ging er zu der kleinen Kneipe wo der Volkssturm war und hoffte Hubert dort zu finden. Als er die Kneipentür öffnete standen einige Volkssturmmänner in ihren grauen Uniform Mänteln mit Binden Volkssturm um den Arm im Raum, er suchte nach Hubert und durchstöberte den Raum, als er ein „Vater, Vater" hörte. Es war Hubert der an einer Wand der Kneipe stand mit zwei Männern. Er hatte eine graue Uniform mit schwarzen Stiefeln und einer Volkssturmbinde um, eine schwarze Koppel und einen viel zu großen Stahlhelm, der seitlich an der Koppel hing.

„Was wollen Sie" sagte einer der Soldaten zu Andreas „Das ist mein Sohn, der geht nicht mit" „Ihr Sohn ist jetzt im Volkssturm und geht mit uns zur Ardennenoffensive" „Mein Sohn geht nirgendwohin mit" antwortete Andreas, dann wendete er sich zu Hubert und sagte „ Zieh die Sachen aus!" Hubert schaute Andreas verstört an. „Ihr Sohn ist eingezogen und gehört jetzt zum Volkssturm, machen Sie das Sie rauskommen" sagte der Soldat. „Mein Sohn ist kein Soldat, er war nicht mal in der

Hitlerjugend und schießen kann er auch nicht"
„So, so der Junge hat keine vormilitärische Ausbildung?" "Nein hat er nicht" antwortete Andreas „Ich war im Krieg und mein Junge geht nicht, einen Jungen haben wir schon verloren" „Warten Sie" sagte der Soldat zu Andreas und wandte sich dem anderen Soldaten zu, dann unterhielten sich beide während Hubert ganz verschüchtert seinen Vater anschaute. „Zieh die Sachen aus" wiederholte dieser sich nochmals.
„Ohne militärische Ausbildung wird der Junge uns wohl kaum von Nutzen sein, wohl eher hinderlich" sagte der Soldat zu Andreas „Nun gut, nehmen Sie ihren Sohn mit nach Hause."
Kaum hatte der Soldat ausgesprochen zog Hubert dem mittlerweile schon etwas bange war die Uniform aus und ging mit seinem Vater aus der Kneipe zurück runter ins Dorf

zum Bauernhaus.

Als sie im Bauernhaus angekommen waren erhielt Hubert links und rechts eine Ohrfeige von Andreas „Du gehst nicht mehr zu den Soldaten, du bleibst hier im Hof und arbeitest, hast du das verstanden?" sagte Andreas und Hubert erwiderte ihm das er das Verstanden habe.

Später sagte mein Vater mir immer: „ Die Prügel waren nicht so schlimm, denn es hätte schlimmer kommen können wäre ich mit den Deutschen in die Ardennenoffensive gezogen.